张磊 / 著

馀诗稿

山西出版传媒集团　山西经济出版社

图书在版编目(CIP)数据

医馀诗稿 / 张磊著. -- 太原： 山西经济出版社，
2023.12

ISBN 978-7-5577-1217-4

Ⅰ.①医… Ⅱ.①张… Ⅲ.①古体诗－诗集－中国－
当代 Ⅳ.①I227.7

中国版本图书馆CIP数据核字(2023)第228914号

医馀诗稿
YI YU SHI GAO

著　　者：张　磊
出 版 人：张宝东
选题策划：吕应征
责任编辑：司　元
装帧设计：赵　娜

出 版 者：山西出版传媒集团·山西经济出版社
地　　址：太原市建设南路21号
邮　　编：030012
电　　话：0351—4922133（市场部）
　　　　　0351—4922085（总编室）
E - m a i l：scb@sxjjcb.com（市场部）
　　　　　zbs@sxjjcb.com（总编室）

经 销 者：山西出版传媒集团·山西经济出版社
承 印 者：山西万佳印业有限公司

开　　本：710 mm×1000 mm　1 / 16
印　　张：21.75
字　　数：297千字
版　　次：2024年1月　第1版
印　　次：2024年1月　第1次印刷
书　　号：ISBN 978-7-5577-1217-4
定　　价：88.00元

自 序

　　我又写了一些诗名曰《医馀诗稿》，不管名称如何，皆是业余作品，起到言事、言景、言性、言情等方面目的。我曾多次说过，我不是文学家、诗人，只是业余爱好，乐此不疲而已。

　　这本小册子，属于旧诗的体裁，是按平水韵写的，多为七绝。由于年龄越来越大，活动范围越来越小，只能就地取材，我是原汁原味，献给大家，不知以为然否，仅作参考。

　　这本小册子，仍不分类，大体是按时间顺序排列的，诗的题目，有些重复，但时间不同，感受不同，内容也就不一样了，请谅解！

　　这本小册子，在出版之际，深蒙母校及中医第三附属医院的领导大力支持，孙玉信教授，王晓田主任，高青医师（中医研究生），出版社的同志等等鼎力相助，得以完成，特致以衷心地感谢！

　　这本小册子，由于水平有限，时间仓促，错误之处，肯定不少，诚希广大读者，不吝赐教！最后附俚诗二首以明心声。

　　我非文学与诗人，诗句粗疏多不伦。只是心情真切语，难登大雅画堂春。

　　闲来哼得两三诗，扭扭歪歪近似痴。妄想庄周蝴蝶梦，翩飞上下影离离。

张磊

2023 年于郑州

目 录

4

5

与老妻闲话　两首

一

青梅竹马两相依，

如梦华年事已非。

待到山花红烂漫，

含情一笑白云飞。

二

结发夫妻九十多，

二男三女各安窝。

兴来还可唱山歌，

五世同堂敲大锣。

2021 年 7 月 7 日

参会即兴

霡霂甘霖降郑州，

人皆大喜庆丰收。

加强协作聚凝力，

不忘初心更上楼。

2021 年 7 月 10 日

宴请《国医大师张磊医学文库》编委会同志

吾之文库印为书，

感谢山东科技扶。

定调谋篇流血汗，

殚精竭虑下功夫。

玉能成器匠人手，

天降甘霖藕叶珠。

今日庆功聊表意，

嘉宾畅饮再投壶。

注：《国医大师张磊医学文库》，由山东科技出版社出版，共六卷，也即六本。

投壶：古人宴会时的游戏。设特制之壶，宾主依次投矢其中，中多者为胜，负者饮。今用此典，意即猜拳行令。

4

写在中国共产党成立一百周年之际（1921—2021）

风雨兼程进，

百年党建临。

缘由邦有道，

悦服海归心。

碰壁苍蝇死，

迎光柏木森。

人民如父母，

问计获佳音。

2021 年夏

八一建军节

八一军旗代代扬，

为民为国气轩昂。

始终立在高标点，

不忘初心斗志强。

2021 年 8 月 1 日

军民抗洪

大雨滂沱落郑州，

路间积水可行舟。

军民奋起千钧棒，

战胜洪魔更上楼。

注：更上楼即"更上一层楼"。此处用楼，有两个意思：一指工作，二指省委书记楼阳生。大雨降河南时，以楼书记为首的省领导班子，及时召开紧急会议，研究部署全省防汛救灾工作。由于措施得当、军民奋战，很快内涝消去，恢复正常。详见 2021 年 7 月 21 日《河南日报》和 7 月 22 日《人民日报》有关报道。

众志成城

倾盆大雨不停休，
浊水污泥低处流。
党政军民齐动手，
战天斗地展良谋。

注：2021 年 7 月 17 日以来，河南出现明显降水过程。
郑州、许昌、新乡、安阳、洛阳、信阳等地，暴雨如注，
出现惊心动魄的场面。

河南防汛救灾

一方有难八方援，

我党核心垂示言。

大雨无情英勇在，

何愁险处水声喧。

注：垂示言：习近平总书记指示："始终把保障人民群众生命财产安全放在第一位，抓细抓实各项防汛救灾措施。"

英勇在：指抗洪的英雄、勇士在现场施救被困人员。

以上是我在报纸上看到的。详见 2021 年 7 月 24 日《河南日报》《大河报》《人民日报》。

洪灾后首次门诊偶成

重整衣冠坐诊房，

师生继续学岐黄。

洪灾过后气平定，

开好二方患者尝。

注：因忙于防汛救灾，推迟一周门诊。

二方：指有药处方和无药处方。

见物思人

吾在此年晋大师，

八名学弟牡丹遗。

而今牛赵泉台去，

见物思人不胜悲。

注：2017年吾晋升国医大师时有八名学弟赠刺绣牡丹图匾额作为留念，至今悬挂于厅。他们是牛德兴、赵国岑、郑绍周、王立忠、张然丁、王海军、李郑生、张文博。文曰："赠国医大师张磊学兄留念。"惜前两位已赴黄泉，不禁潸然泪下。

湖畔观荷　两首
游郑州紫荆山公园

16

一

垂柳依依绕岸边，
碧荷湖畔忆前缘。
恰逢今日建军节，
抖擞精神忘老年。

二

乘兴而来败兴归，
满湖莲叶面全非。
只因浊水淹数日，
宛似秋冬霜雪飞。

注：忆前缘有两个意思：一是，1958 年挖湖。我入河南中医学院上学，次年被派来此挖湖，那时，没有机械，全是人海战术。二是，湖水荡漾，碧荷连天。吾素爱荷，前几年身体尚好时，常来此处观荷，写了不少小诗，名为"爱荷篇"。今日恰逢建军节，乘车前来，由小女婿董伟推轮椅游赏。不幸前几天郑州下了多日大雨，内涝严重，污水溢湖，绿荷被淹多日，洪水虽然退去，但荷已枯萎。故此写了两首，前首言其常，后首言其今。湖上未被水淹的盆栽莲花，依然如故，予均有摄影。

2021 年 8 月 1 日，农历辛丑年六月二十三。

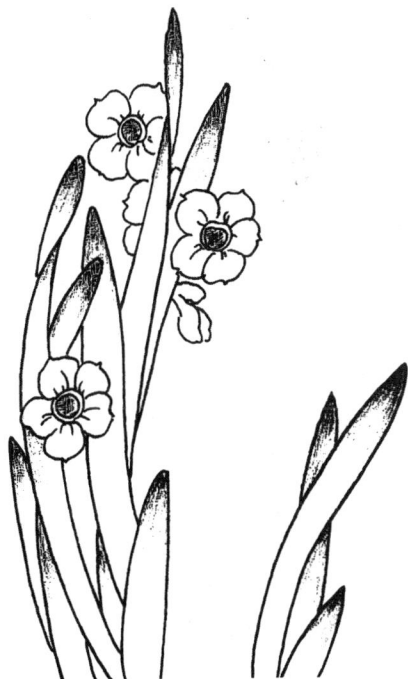

赞罗天帮同志

天帮与我是同乡，

医道精良辨证详。

性似苍松常翠绿，

玉兰为伴喜洋洋。

2021 年 8 月 3 日

见画思人

归隐山中刘石平，

终生未娶一身轻。

未曾识面君仙逝，

三品皆高众口声。

19

注：刘石平大师系旧社会美术专科学校毕业的，不知何故，终生未娶。归隐老家济源王屋山中。据说是原省委书记徐光春同志发现的。予有其画作两幅，弥足珍贵，每见画思人，惜未识面，先生已故。

三品：指刘大师的人品、画品、字品。

对郑州"抗病毒，闭环管理"有感　三首

一

瓮中之鳖罩中鱼，

逃遁无门终被屠。

散尽阴霾光普照，

千家万户乐安居。

二

为控疫情防传染，

闭环管理虑周全。

人民歼敌显威力，

一路欢歌庆凯旋。

21

三

大敌当前党指挥，

深谋远虑显神威。

群龙有首各归位，

认认真真志不移。

注：详见《大河报》。

2021 年 8 月 7 日　星期六

对河南（郑州）抗洪抗疫有感

洪灾疫毒叠相加，

欲乱中原祸国家。

英杰人民全不怕，

如同烹饪小鱼虾。

23

2021 年 8 月 10 日

小区继续封闭

为抗疫情未上班，

小区封闭克时艰。

立秋已过暑将逝，

只盼枫林红满山。

注：2021 年 8 月 7 日，立秋。为了共同抗疫，上级指示居民小区，继续封闭，便于管控。

灾后重建感怀　三首

一

洪灾过后各纷忙，
重建家园志似钢。
因地制宜多创举，
同心协力不彷徨。

二

重建家园理本该，
思前想后痛心哉。
种桃道士须防范，
怕有渔郎再度来。

三

莫要因灾又返贫，

小康路上奠基人。

如同父母谆谆语，

彻夜难眠费苦辛。

注：河南各地遭受特大洪灾，不可抗拒，给人民生命财产造成很大威胁。灾后重建，势在必行，因地制宜，任务繁重，男女老少，一起上阵，继续发扬不怕苦、不怕累、不怕死的大无畏精神，绝不辜负上级党的支持、关心和爱护。同时也要总结经验、教训，防止再次大雨，减少损失。也要注意，因灾返贫、因病返贫的发生。

28

七夕偶成　两首

一

秋雨初停七夕天，

银河远阻恨难填。

二人同洒相思泪，

进入罗帏叙旧缘。

29

二

相逢七夕喜加忧，

织女牛郎恨不休。

聚少离多难一见，

天涯各自度春秋。

2021 年 8 月 14 日　七夕

遵令守法

大部小区仍被封，

人员往来不从容。

共同抗疫弦绷紧，

莫让邪魔再肆凶。

2021 年 8 月 15 日

冠状肺炎以多次核酸检验为据

或者核酸阴转阳，

阴阳反复费思量。

蛛丝马迹寻根本，

不让邪魔有隐藏。

31

注：详见 2021 年 8 月 18 日《大河报》有关报道。

抗疫偶成

拨去浮云见艳阳，

共同抗疫效彰彰。

天罗地网城乡布，

末路穷途邪恶亡。

西望瑶池王母喜，

东来紫气李君祥。

中华励志终圆梦，

大国泱泱敢担当。

32

2021 年 8 月 19 日

疫后初次门诊感怀

疫情灭尽大家安，

共克时艰涉险滩。

赤手挥拳擒猛虎，

白衣执甲义披肝。

保供食用人心暖，

消杀环区敌胆寒。

今喜赢来疗病日，

望闻问切满堂欢。

33

注：因疫情肆虐，从2021年8月4日至2021年8月23日，老专家停诊，接到院方通知，才开放门诊。其实此时郑州及全省疫情未全被消灭。省委召开新冠肺炎疫情防控工作第五次专题会议。省委书记楼阳生主持并讲话，王凯省长作工作部署，详见2021年8月16日《河南日报》。仍执行"解封不解防"的原则。

年老体衰

体渐衰残力不支，
众人呼我老医师。
游山玩水难如愿，
幸喜还能思饭菜。

注：我已 92 周岁，行动不便。所喜，心尚灵，能饮食，每周能坚持三个半天门诊。有众门人协助，方可完成。

为了抗疫

小区封闭已多日，
守在家中常读书。
病患难来能静静，
共同抗疫也心舒。

37

2021 年 8 月 21 日

沉痛悼念门成福老同学逝世

陨落医星天地昏，

人间少了妇科门。

同窗六载永相别，

只有梦中重聚温。

注：2021年8月21日，星期六。惊闻门成福同学（系妇科专家教授）不幸于2021年8月21日逝世，享年90周岁。予临近中午始闻之，被小女婿董伟推轮椅至楼下。因我年老，行动不便，难以上楼（他家在二楼），并叮嘱要节哀。并将此诗和悼念金奉上。

念 58 级同学

同窗六载学岐黄，

各自生涯各一方。

已有多人先后去，

一篇待写大文章。

注：我们是1958年入河南中医学院的学生，六年毕业，全国分配，各就其业，各显其能，各成名气。据我所知，已有很多人，先后亡去，其中多数属寿终正寝，也有部分，属于早亡。感念之余，觉得这是一篇大文章，尤待我们认真去做。

庆郑州市疫情全部解封

解封全市勿轻狂，

隐有疫情须预防。

重建家园肩重任，

统筹兼顾共臻祥。

注：2021年8月28日 "……从这一时刻起，郑州市中高风险地区，全部清零，封闭封控区域，全部解除……" "零新增，并不等于零风险，区域解封，并不等于疫情解除……" 详见2021年8月29日《河南日报》。

赠患者

身已皈依二十年，

远离烟火了尘缘。

终南山里观音寺，

静坐参禅悟道玄。

注：张健女士 71 岁，家住郑州市经三路，已皈依 20 年，现居终南山观音寺。予诊后开好有药处方，又开好无药处方。她对此二方，非常信服。后又来诊。

教师节感怀

欢度教师节，

躬身谢上苍。

人民如父母，

性命有归藏。

老马回来路，

初心永不忘。

桑蚕丝万锦，

可作好衣裳。

46

注：第三、四句，有中医药学伦理学之意。

归藏：古易名，相传为黄帝作。周礼春官大卜："掌三易之法：一曰连山，二曰归藏，三曰周易。""归藏者，万物莫不归而藏于其中。"此引用《辞源》之释。

蚕丝：有唐·李商隐"春蚕到死丝方尽"之意。

中　秋

月到中秋分外光，

飘来阵阵桂花香。

盈杯美酒酩酊醉，

不觉安然入睡乡。

48

2021 年中秋夜

斥西方国家某些政客 两首

一

依靠制裁大棒扬，

拉帮结派逞威强。

有人识得其中秘，

群起攻之必败亡。

二

得道原非霸道来，

助多助寡理之该。

人民世界人民主，

团结如钢坚不摧。

注：西方国家某些政客，凭空捏造事实，企图诬陷、抹黑我国。我国则针锋相对，据理以争，得到世界人民的拥戴。

助多助寡：《孟子·公孙丑》下："得道者多助，失道者寡助。"

个人生活起居片段

个人规律习为常，

每日凌晨必起床。

若问斯时何所事，

不同年段总奔忙。

51

注：予遵守"天道酬勤"原则，每日凌晨四时左右，必定起床。根据年龄阶段，有不同的安排。在少壮时期每晚九点半钟必睡，到了老年，每晚八点半钟必睡，均于凌晨四时左右起床。起床后，除了个人保健和卫生外，便投入运动。在少壮时期，以跑步为主，多者万米左右，少者4000米左吉。近几年身体渐衰，妻已老矣（大我一岁），早晨做饭就落到我头上了，虽然老态龙钟，仍坚持在中医三附院每周坐三个半天门诊，医院为了照顾我，每次只约十几个病人，看完即下班。家诊虽少，仍有患者入门就医。我和老伴，生活暂时勉强自理，幸有小女登荣关心照顾，她年已59岁了。

参加中医三附院新国
医馆开诊仪式

中医三附院全欢，

今日馆开带笑看。

序属秋天丹桂馥，

各归其位共安安。

53

2021 年 9 月 26 日上午

自述　两首

一

往事依稀记不真，
中医药业日新新。
而今桃李满天下，
更有杏林遍地春。

二

从医从教复从政，
总以岐黄主战场。
过眼烟云虽老朽，
满头银发热心肠。

2021 年 9 月 27 日

参加 2021 年全国中医疫病
防治博士后学术论坛

众多学者聚中州，

共叙南阳仲景裘。

宝库光辉昭博后，

医文并茂冠全球。

55

注：本次会议，为了深入贯彻落实习近平总书记视察河南南阳的重要指示精神，做好中医药传承精华守正创新工作，促进中医药在疫病防治与应对中的经验交流，提升博士后的学术水平和创新能力，特在河南省郑州市举行。

贺眼科教授吕海江临证经验传承培训班开幕

波生大海水涛茫，

目极高山松柏苍。

今日有缘相聚会，

同求医理阐岐黄。

57

2021 年 10 月 16 日下午

秋兴 两首

一

天高气爽菊花芳，

此际风光迥异常。

芦苇苍苍棉道岸，

枫林冉冉映山房。

几声欸乃渔夫乐，

五谷丰登农事忙。

处处当心防硕鼠，

才能终岁保安康。

二

阳澄闸蟹正肥期，

菊酒杯杯展笑颐。

银杏叶黄秋荏苒，

残荷藕白味甘滋。

采菱人自乘船乐，

收谷仓盈彦岁时。

好景年年心切记，

志同磐石不能移。

2021 年 10 月 20 日

国庆节有感

今朝兴起乐登台，

此际风神大壮哉。

西方国家谋霸道，

东方倭寇小瀛莱。

脱贫致富民心暖，

放眼高歌笑口开。

喜我中央牢掌舵，

时时处处重人才。

60

2021 年 10 月 1 日

阴　雨

中原风雨次偏多，

遭受洪灾水满河。

已是深秋寒露后，

天公时有涕滂沱。

61

注：自 2021 年 7 月 17 日，我省部分地区，天降大雨，农田淹没，道路受阻，非常严峻。以习近平同志为核心的党中央非常重视，习近平总书记指示："始终把保障人民群众生命财产安全放在第一位，抓细抓实各项防汛救灾措施。"河南省委更是责无旁贷，以楼阳生书记为首的省领导班子，及时召开紧急会议，研究部署全省防汛救灾工作，取得了很大成效。目前正忙于灾后重建和秋收工作，实属来之不易。以上是大家在风雨间歇之际，抓紧工作的。

云 雾

隐隐楼台望不真，

茫茫一片若迷津。

草船借箭来何疾，

难觅山中采药人。

63

注：此诗不言云雾，是暗写法。

唐·贾岛诗："松下问童子，言师采药去，只在此山中，云深不知处。"

64

游开封看菊展

花似海洋人似流，

开封此际傲中州。

古今多少兴衰事，

日月依然行不休。

65

注：2021 年 10 月 19 日，农历辛丑年九月十四，此是开封 39 届菊展，每届我都去，有时独往独来。近因耳聋眼花，行走维艰，老态龙钟，由众人扶我前往，车到后，坐轮椅游赏，甚是感谢。本次同游有我老伴胡国英，小儿女登荣、史玉兰、罗天帮、王新平、敖祖松、魏凤凯，共八位同志。

看开封龙亭二湖有感

进入龙亭有所思，

潘杨湖水浊清时。

此云虽是民间语，

是否公廉百姓知。

67

注：开封龙亭旁有两湖，一为潘湖，一为杨湖。据说，潘湖则水浊，杨湖则水清。因为潘家系奸佞，杨家为良相，故湖有清浊之分。今则两湖相连，水俱清澈，波涛滚滚，游船荡漾。

生日聚会

老夫九二铸医魂，

五世同堂福满门。

但愿明年逢此日，

诸亲重聚叙寒温。

注：我九十二岁生日由儿媳宋红湘教授在张福庆酒店宴请，参加此次宴会：有我老伴胡国英、张登峰、宋红湘、张航、靳尚飞、董伟、张登荣、何婵、张永静共十人。

贺别荣海书记调往省里工作

南阳别氏大名声，

官海茫茫步步荣。

今日送君聊寄语，

莫忘桃李旧时情。

注：2021年冬，闻知河南中医药大学党委书记别荣海同志，将调往省里工作，故撰俚句以送别。

自 吟

屡开户牖习为常，

空气新鲜益健康。

一日三餐能饱腹，

友人来往叙炎凉。

72

2021 年 11 月 10 日

院中小坐

黄叶纷纷落，

金风阵阵凉。

行人皆口罩，

疫疬尽知防。

73

注：河南省提倡，疫情风险犹在，保持高度警惕，紧绷疫情防控这根弦，勤洗手，戴口罩……详见《河南日报》2021年11月2日头版。吾于此日午后，在小区院中独坐所见。

为老人谏言

老了休云昔岁雄，

惯看镜里白头翁。

春花秋月年年是，

一代新人一代风。

2021 年 11 月 4 日

再度抗疫

疫魔举足又重来，

豫界人民何惧哉。

撒下天罗和地网，

逃生无计必悲哀。

注：河南郑州地区，疫情反弹，多系外来输入。省委、省政府高度重视，即时派出医疗队，奔赴前线，不获全胜，绝不收兵。

立 冬

驹隙光阴又立冬，

园中喜有后凋松。

纷纷候鸟如期至，

潦水清清冰未封。

2021 年 11 月 7 日立冬

劝 人

儿孙自有儿孙福，

不与他们作马牛。

堪笑人间痴者众，

死而后已始停休。

注：民间谚语："儿孙自有儿孙福，不与儿孙作马牛。"
我觉得此话很有道理，耐人寻味，故录之。按旧体诗要求，
作了适当修改，又续了后两句。

赞中医皮肤科

皮肤顽疾有专长，

内服外敷皆效良。

辨证施方同一理，

夺关斩将获安康。

81

2021 年冬

赞经方

经方治病太神奇，

痼疾新疴俱可医。

辨证精当无悖忤，

得心应手莫迟疑。

82

注：2021 年冬，参加经方大会，即席一首，作为祝贺。

贺门徒毕业　两首

一

学而不厌气恢宏，

精益求精必大诚。

各展才华腾达去，

青龙行雨惠苍生

二

诸君总是为衷中，

俱系临床大杰雄。

三载同医多惠我，

依依惜别各西东。

注：予2017年荣获国医大师后，第一批学徒，他们是：赵文霞、韩颖萍、范立华、赵璐、秦瑞君、李艳艳、杨会举、胡孝刚、刘晓彦、张勤生、张社峰、罗天帮共12位。

贺张智民主任退政从医

朵朵花开映艳阳，

一年更比一年强。

人生价值充分现，

顺应天时乐健康。

注：张智民同志，乃我之好友也，系河南省卫健委副主任，主管中医药工作，前不久推选为河南省中医药学会会长。因年龄已到，从河南省卫健委退下后，从 2021 年 11 月 12 日（星期五）起，每星期五上午，跟我门诊同诊。

小雪节气　寒潮来袭

小雪之时没雪飞，

寒风凛洌透窗扉。

入开暖气春常驻，

出则重裘项绕围。

作业工人能耐苦，

戍边战士显神威。

水冰地坼严冬至，

防控疫情不失机。

87

注：今日是小雪节气，没有下雪，天气晴朗，但北风呼啸，河南多地出现 10 级以上大风，天气很冷。详见 2021 年 11 月 22 日《大河报》A08。同时也必须注意疫情防控，以防反弹。

题　画

勤奋种瓜总得瓜，
结成硕果映阳斜。
一峰堪比一峰秀，
朵朵祥云灿我华。

89

注：著名画家一峰先生，来我家看病，赠我得瓜画，予装裱后悬挂于厅，日日观之，有感而作。

名言可鉴

一人难衬百人意，
百人难衬一人心。
谨小慎微须防伪，
个中分寸在君斟。

91

注：此是河南中医学院（现更名为河南中医药大学）中层某领导干部于1964年对我说的："一人难衬百人意，百人难衬一人心。"同时又说："莫要成为谨小慎微的伪君子。"我觉得此话很有的哲理，故录之作为志念和参考。

大　雪

大雪未来飞郑州，

寒流滚滚冷飕飕。

中央领导除民患，

幸福安康乐不休。

2021 年 12 月 7 日大雪节　农历十一月初四

冬至兴怀　两首

一

天时人事慢相催，

已去光阴不复回。

日落还能东海出，

鲜花灿烂待春来。

二

虽云此日一阳生，

仍是严寒喜与惊。

偶尔逍遥来户外，

梅花欲放气清清。

注：此不言冬至，属于暗写法。不知以为然否？

首句是唐·杜甫冬至诗："天时人事日相催。"此不言"日"，而言"慢"，是师其意的意思。第二首末句同样是杜甫该诗中"山意冲寒欲放梅"的含意。

一阳生：《幼学琼林》"冬至一阳生，是以日晷初长。"

天伦之乐

我与胡妻九十多，

两男三女各安窝。

他们已是老龄者，

侍奉高堂实可歌。

注：九十多：我已九十三周岁，老妻胡国英大我一岁，育有两男三女。他们有的当爷爷，当奶奶，有的当太爷，老太奶，仍来侍奉我俩，以尽孝道，这种精神，实在难能可贵。

冬　月

滚滚寒流势欲摧，

书房独坐悦灵台。

小窗虽冻不嫌冷，

二月春风扑面来。

98

注：室有暖气。2021 年 12 月 15 日

赞送奶员路亚侠

路名亚侠太坚贞，

松柏精神铁骨铮。

春夏秋冬常不懈，

久经磨炼战场兵。

2021 年 12 月 16 日

赠高徒马红丽
（在毕业会上） 三首

一

昔岁诚心拜我师，

高明记者喜为医。

崎岖道路诸峰险，

深入穴中志不移。

二

笔扫千军胸内藏，

程门立雪志坚强。

条条道路任君走，

各有生涯在一方。

（为师送别谆谆语，凡物还须放眼量）

三

柳暗花明又一村，

春风不语满乾坤。

游人如织芳尘里，

蝴蝶纷纷总是奔。

注：马红丽同志，系资深记者，享受社会津贴补助。著作甚多。2017 年元月拜我为师。括弧内外之句，任其挑选。

对嘉宾、弟子赠品有感

诸君赠品重如山，

有愧于中只汗颜。

不忘初心圆大梦，

老当益壮敢偷闲。

103

2021 年 12 月 25 日

代　沟

辈有代沟无尽头，

此沟切莫作鸿沟。

沟通信息心常泰，

填满沟沟树懋幽。

2021 年 12 月 29 日

幸福童年诫

福里生来如蜜糖，

不知艰苦啥名堂。

今非昔比须防变，

红色为基党指航。

2022 年 1 月 5 日

刘颖颖绘童子献寿图

献寿金童意义长，

老夫喜得欲癫狂。

心灵手巧廿三岁，

他日必成国栋梁。

2022 年 1 月 5 日，亲送于我。

奉和刘卉娟大师壬寅新正随感原玉　两首

一

斗转星移又一阳，

东方已晓曙天光。

欣看拍手增新岁，

笑着时装换旧裳。

腊酒醅成迎贵客，

梅花雪后冷凝香。

欲知果品为何味，

酸辣苦甜亲口尝。

二

人云今岁是初阳，

一片辉煌泛彩光。

昨日休闲参宴会，

迎宾忙着外衣裳。

清清盘碗盛佳果，

渺渺云烟点上香。

百福骈臻皆大喜，

明年再度煮茶尝。

附：刘卉娟大师诗

谁移斗杓指青阳，

痴看匆匆驹隙光。

高鸟时惊清旦梦，

东风微振旧家裳。

茶融春雪壶天大，

梅近芸窗书卷香。

间巷寒烟灯火里，

新欢可待晚羹尝。

2022 年 1 月 5 日

思故乡　两首

一

南望蓼城忆故乡，

如同一梦煮黄粱。

依稀往事惊回首，

可叹知音多半亡。

二

念念家乡又一年，

安山史水永绵绵。

遥知弟弟身居陋，

无有事非心坦然。

注：固始县又称蓼城。我于一九五八年离固始来郑州至今。

吾弟连捷巳九十一周岁，耳聋眼花，行动不便，身居陋室，其乐幽然。

防控疫情

防控疫情缓上班，

令行禁止示如山。

核酸检验为依据，

休想糊涂混过关。

注：接医院通知，由高青同志转达："本周三周五暂时停诊，下周一恢复坐诊。"据《大河报》介绍：2021年12月31日至2022年1月9日12时，全省累计报告本土确诊病例258例。其中郑州市82例，洛阳市10例，安阳市16例，许昌市143例，商丘市2例，信阳市2例（均在固始县），周口市3例。详见该报A06

2022年1月10日

孙春兰在河南调研疫情防控

春兰到处即成春，

一片光明不染尘。

倾尽仁心扶疾眚，

中央领导总为人。

113

注：中共中央政治局委员，国务院副总理孙春兰八月从陕西赴河南调研指导防控工作，连日来先后到疫情较重的郑州市二七区和中原区，许昌市禹州市，安阳市汤阴县，深入暴发聚集性疫情的超市、工厂、学校以及隔离场所，定点医院、封控小区，实地了解流调溯源、社区管控、集中隔离、患者救治、服务保障等情况。详见 2022 年 1 月 12 日《人民日报》及同日的《河南日报》。

114

为了抗疫取消宴请

为抗疫情未聚餐，

新春已至大家安。

只将费用分于各，

聊表寸心一片丹。

115

注：新春，指壬寅年正月。此次宴请，主要感谢中医三附院小汽车班的师傅，特别是魏凤凯师傅，接我上下班，非常辛苦。原定于2022年1月8日在长城饭店305房间聚餐。因疫情来袭，取消此次活动，眼看春节临近，疫情未退，只得将餐费和酒水，分于各个人，以聊表心意，诚希笑纳，祝节日愉快，万寿无疆。

此次分发人员：魏凤凯3人，范燕伟2人，王宝2人，高青1人，罗天帮1人，董伟1人。每人餐费100元人民币。酒水若干瓶。

2022年1月17日

自悼诗

大师名尚在，

人已赴黄泉。

日月仍来往，

阴阳有变迁。

八纲须辨别，

三指莫轻悬。

子女心牢记，

怡风代代传。

117

注：大师，指国医大师。我是第三届国医大师，今年已九十三周岁，自度不久将离开人世。

怡风：指好的风气，有遗风之意。

到临终时，把它挂在灵堂作为留念。

2022 年 1 月 20 日泣书

118

大寒偶成

节已大寒真大寒，

重裘外出觉衣单。

水冰地坼冬将尽，

青帝欲来正整冠。

119

2022 年 1 月 20 日　农历辛丑年十二月十八　大寒

读毛主席《沁园春·雪》有感

弥漫大雪满山林，

素裹银装冷气森。

昔日英雄都往矣，

风流人物数当今。

注：2022年1月23日，当大雪弥漫久寒之际，予读是词，倍觉亲切，遂师其意而作。

老妻生日

腊月廿三为小年，

吾妻此日降尘焉。

满堂后辈同来贺，

寿比南山松柏坚。

注：老妻胡国英，生于 1928 年农历腊月廿三，大我一岁。今日在我家聚餐，其乐融融。

2022 年 1 月 25 日　农历辛丑年十二月二十三日

赠重外孙女董雅心

智慧聪明董雅心，

身躯袅娜贵千金。

年方七岁小初一，

他日必成定海针。

123

注：董雅心，乃我之重外孙女，为我老伴生日画像，象中也有我。

小初一：即小学一年级。

定海针：即定海神针。喻他日必成为国家栋梁之材。

2022 年 1 月 25 日　农历辛丑腊月二十三

冬日闲吟

日暮炊烟起，

窗前白雪飞。

书房常久坐，

多读启心扉。

2022 年 1 月 26 日

虎年正月初一自吟

身体渐衰两眼花，

蹒跚步履耳聋加。

与时俱进雄心在，

虎虎生风乐岁华。

126

2022年2月1日，农历壬寅年正月初一。我常说，小车不倒只管推，争取干到一百岁。我今年已九十三周岁。

忆昔所为

清洁卫生细细抠，
勿忘死角费搜求。
有心人在幽深处，
正大光明无隐忧。

127

注：忆昔，我在河南中医学院（今改为河南中医药大学）内经教研室时，每逢卫生大检查，我先到教研室，对室内卫生特别是死角处，皆一一清扫干净，任其检查，找不出毛病。

2022 年 1 月 30 日

128

立春看我国举办的冬奥会开幕

立春冬奥喜开门，

同住新村如虎贲。

元首纷纷齐祝贺，

共襄盛会友情敦。

129

注：2022 年 2 月 4 日，农历壬寅年正月初四，立春。今日冬奥会在北京隆重开幕。由中国共产党中央委员会总书记、国家主席、中央军委主席习近平出席开幕式并宣布冬奥会开幕。详见《人民日报》《河南日报》。

虎贲：如猛虎奔走。恰逢壬寅年、壬寅为虎年。此言各国运动员，精神振奋，摩拳擦掌，欲展雄风。

2022 年 2 月 5 日

立春即兴

立春兴起老妻呼，

笑指床头酒满壶。

只许平生多谨慎，

每当遇事不糊涂。

一年之计从心定，

万象更新如画图。

莫道光阴驹隙过，

精诚医药自宽愉。

注：2022年2月4日，农历壬寅年正月初四立春。

床头酒：唐·高适醉赠张九旭诗："床头一壶酒"。

赞水仙花　两首

一

水仙灵洁沐晨光，

身着青装望远方。

洗尽铅华无陋俗，

五湖四海是家乡。

二

年首水仙立案头，

襟怀坦荡自风流。

窗前寂静无言语，

笑我书痴读不休。

注：我的门生赵敏女士，送我一盆水仙花，甚珍之。置于书房案头，遂吟此诗，以赞之志之。

2022 年 2 月 7 日　星期一

133

恭贺中医三附院妇产科新盆底康复中心开业

妇产专科盆底新，

中西结合术超伦。

今朝共庆开门事，

无限光明永是春。

134

注：中西结合，即中西医结合。

2022 年 2 月 10 日上午

元宵节感怀

昨日情人节，

元宵紧接连。

尘间亲者聚，

天上月明圆。

135

树影婆娑舞，

灯歌美妙添。

英才冬奥会，

奋勇敢争先。

注：我国举办的冬奥会于 2022 年 2 月 4 日开幕至今，各国选手奋勇争先，一齐向未来。

2022 年 2 月 5 日　农历壬寅年正月十五

雨水节偶成

节临雨水雨增多，

草木萌生鸭戏河。

共说年初春意好，

风光无限庆中和。

137

注：鸭戏河：有宋·苏轼："春江水暖鸭先知"之意。

2022 年 2 月 19 日　农历壬寅年正月十九　雨水

赞何庆勇《白天临证·夜间读书
—方证辨证解伤寒》大著

白天临证夜攻书，

心悟才能用自如。

历古经方多效验，

何君日日不忘初。

注：该书由《人民卫生出版社》出版。

2022 年 2 月 19 日

视死如归

鲐背似杯棬，

行迟步不前。

葬场期渐近，

只待冒青烟。

注：葬场：指火葬场。

2022 年 2 月 20 日

第二十四届冬奥会闭幕式于 2022 年 2 月 20 日晚在 北京举行

冬奥今宵闭幕忙，

北京此际最风光。

奖牌闪闪皆归主，

异口同声共赞扬。

赞少壮年

自古英雄少壮年，
才思敏捷敢争先。
赴汤蹈火全无畏，
或武或文皆向前。

2022 年 2 月 24 日

赞老年

老年亦自少年来，

雨雨风风搏几回。

不忘初心牢使命，

深谋远虑手托腮。

2022 年 2 月 24 日

闲 吟

聋耳行迟大便艰，

肾精不足总相关。

于今九十三周岁，

医技为民笑展颜。

注：展笑颜：一是病人欢喜，一是个人欢喜。

2022 年 2 月 25 日

固始县老友汪波同志赠予《月芦菴诗文选》并附诗一首，随步其原玉

雨雨风风数十年，

自强不息稳如山。

月簏菴赠诗文选，

每个篇章尽善言。

附：汪波同志诗

相交积识七旬年，

兄待吾情重泰山。

米寿访贤唠旧语，

黄昏拥抱哑无言。

2022 年 2 月 25 日

144

赠固始老友汪波

月明皎皎映簠莶，

此际诗人正战酣。

好学虚心能上进，

一潭春水绿波涵。

145

2022 年 2 月 26 日

步刘卉娟大师诗原玉，名曰：春日游园

阳春时节卉皆妍，

偶涉园中暖日前。

观蝶纷飞多得意，

游人结伴有因缘。

一腔热血思三绝，

独坐挥毫写八笺。

幸喜天公甘雨降，

禾苗青翠茂良田。

附：刘卉娟诗

室有芝兰春欲妍，

当时初谒杏林前。

沐恩已得廿年谊，

识面如逢三世缘。

医尽仁心扶疾眚，

寿添海屋壮吟笺。

东风不倦期颐客，

更向晨光种福田。

壬寅新正感恩磊公有作

注：我接到此诗较晚，已非新正，已是壬寅年二月，
故曰：春日游园。

三绝：我常说"卉娟大师，诗、书、画为三绝。"

八笺：是宣纸印成的八行书。

148

读古诗有感

结交往往重金钱，

道弟称兄茶酒烟。

不管初心牢使命，

只图现实获悠然。

149

注：予读唐·张谓"世人结交须黄金，黄金不多交不深。纵令然诺暂相许，终是悠悠行路心"诗，不禁喟然叹曰：此是一种个别现象，古今皆有，俗云："酒肉朋友"，不是"君子之交淡如水"，而是"小人之交甘若醴。"

2022 年 3 月 1 日

惊蛰偶成

蛰虫蠕动已身伸，

已去寒冬物候新。

春水如蓝风乍起，

青山似画雨推陈。

游人若织芳园驻，

小鸟凌空汉宇邻，

万紫千红开次第。

年年二月景堪珍。

151

2022 年 3 月 5 日　农历壬寅年二月初三　惊蛰

龙抬头

今天便是龙抬头，

休用碾磨不使牛。

虽系民间传谚语，

祈求五谷大丰收。

2022 年 3 月 4 日　农历壬寅年二月初二

三　八

人民此日庆三八，

巾帼英雄今古拔。

实至名归半拉天，

琴心剑胆秋毫察。

153

2022 年 3 月 8 日

赞庞国明教授

为了中医心更红，

精于脉证术无穷。

蠲除消渴获金奖。

望重德高如岳嵩。

154

注：庞国明教授系河南开封市中医院院长，第十三届全国人大代表，享受国务院政府特殊津贴专家，连续数年获全国纯中药治疗 2 型糖尿病擂台赛高级组金奖。著作甚多，科研成果丰硕。他参加本届全国人大代表大会，他的名言"言为中医建，事为中医做，心为中医红。"为此，《中国中医药报》以"庞国明，心为中医红"为题，进行报道。详见该报 2022 年 3 月 4 日头版。

谢友人

深谢二君费苦心，

珠联璧合世难寻。

精诚装裱悬于壁，

朝夕观之仰岳岑。

注：2022年农历壬寅年春节期间，由李继东先生撰联，西中文先生书写，亲送我家。联语："汤盘孔鼎，郭福彭年"。并祝愿"新春吉祥"。予甚珍之，作为传家宝。

谢诸位门人

耳冷行迟如丧神，

诸君为我付艰辛。

只因协力齐心助，

四诊方能便病人。

注：我已93周岁，一派龙钟之象，耳聋眼花，腰疼腿瘸，上下小汽车很难……我虽行动不便，但脑不痴呆，尚能在中医三附院每周坐三个半天门诊。由众多门人扶持、支持。方能完成治疗任务，对此，甚为感谢！

如丧神《素问·移精变气论》："得神者昌，失神者亡。"《素问·至真要大论》："诸禁鼓栗，如丧神守。"

四诊：即望、闻、问、切。

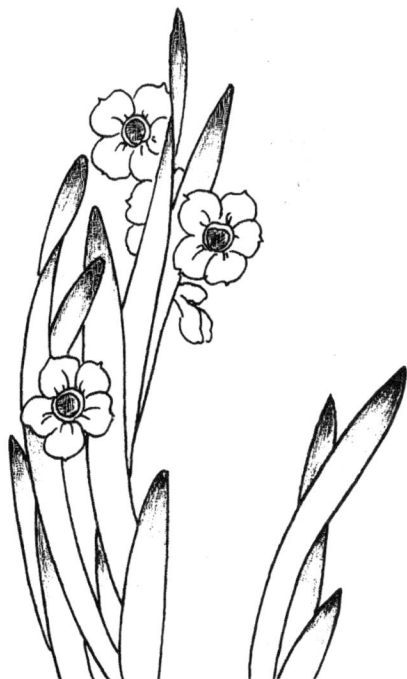

159

赞魏凤凯师傅

此路经常走，

如风驶往还。

扶持车内坐，

凤凯似神仙。

注：魏师傅系中医三附院开小汽车的，接我上下班。近因年老体衰，多亏他扶持，方能顺利到达。

植树节

年年植树费奔忙，

大地于今披绿装。

我国为民谋福祉，

生机勃勃义无疆。

2022 年 3 月 12 日

北京冬残奥会闭幕　二首

一

战罢雪场居适房，

虽冬心暖气高昂。

精诚服务皆周到，

身在他乡胜故乡。

二

北京残奥幕虽闭，

犹忆雪场展技忙。

我国金牌居榜首，

自强拼搏永辉煌。

163

注：2022 年 3 月 13 日晚北京冬残奥会圆满闭幕，在国家体育场隆重举行。习近平、李克强、栗战书、汪洋、王沪宁、赵乐际、王岐山等党和国家领导人，国际残奥会主席帕森斯出席闭幕式。详见 2022 年 3 月 14 日《人民日报》。

谢弟子赠品

双鹤闲时戏，

众桃映日光。

昂然山顶上，

弟子用心良。

165

注：我荣获第三批国医大师称号后，首批弟子12名，三年学满，医院安排于2021年秋，按时毕业。他们赠送的礼品，为红木雕制的作品，甚是雄伟，耸立于厅，并书云："师恩如山"。予甚珍之。时至今日，方成此句，作为志念。

医生职责

郑声谵语不般般，

毫厘之差性命关。

四诊同参毋大意，

医生职责重如山。

167

2022 年 3 月 17 日

春 分

才离惊蛰又春分，

读罢凭窗望白云。

草木争芳多秀丽，

人民共赞大河文。

医生告诫愍勤语，

玉笛随风断续闻。

昼夜相等君切记，

生机勃发气氛氲。

注：大河文：指黄河流域，二十四节气。

医生告诫：指疫情期向，要"戴好口罩，勤洗手，开门窗、多通风、少外出、少聚餐……。"

玉笛：唐·李白"黄鹤楼中吹玉笛。"唐·赵嘏："谁家吹笛画楼中，断续声随断续风。"

看广告前往助听器门店

乘兴而来败兴归，

店中助听器芳菲。

只因年老身衰朽，

难觅从心所欲机。

2022 年 3 月 19 日下午

忆童趣 三首

一 形影不离

忆昔童年趣，

灯前影更清。

常常来取乐，

父母喜盈盈。

注：我家穷，住在有钱家所属简陋房屋。小时候，常在油灯下，影映于墙，随动作而动作，不亦乐乎。

二 摔泥炮

小时最喜玩泥巴，

能令孔多响乒乓。

悦耳声音名摔炮，

农村孩子乐无涯。

注：我在儿童时期，常领弟弟，一起玩泥，做成长方形，许多小孔，其底要薄，摔于地上，即响声悦耳。后来发展做"叫驹子"（当地土语）等，借以开发智力，此系祖辈流传下来的。

三 一身泥

打完泥仗一身泥，

哭向父亲遭委屈。

清水洗淋先去污，

多多好语温如熨。

注：记得小时候，适逢天旱，塘水抽干，淤泥满塘，午休时，与小朋友相遇，打起泥仗，他们两人，一起向我扔泥，结果大败而归。

樱花　两首

一

源于我国兴于日，

历史焉能颠倒述。

已是樱花开满园，

游人只管情洋溢。

二

灿若云霞满目华，

名樱时节映阳斜。

春风吹落花千树，

阡陌缤纷分外嘉。

2022 年 3 月 24 日，详见该日的《大河报》。此在游郑州市人民公园即兴。

174

清　明

清明时节艳阳天，

扫墓观花两不愆。

白雾飘飞云出岫，

黄鹂啼啭柳含烟。

纸灰片片随风起，

祭酒杯杯洒塚前。

逝者长年眠地下，

也当此日笑声连。

2022 年 4 月 5 日　农历壬寅年三月初五

赞国医大师丁樱教授

全国中医称大师，

名樱处处展芳姿。

为人服务无休止，

福幼新添桂一枝。

注：丁教授为当代著名中医儿科大家，擅长于小儿紫癜性肾炎辨证治疗等。著作甚丰，头衔更多，不胜枚举。本次评为国医大师，乃实至名归。丁樱的名字非常好，如樱花之绚丽，如樱桃之香甜，不知以为然否。

贺许二平教授《脾胃病临证撮要》出版

阴阳之道贵和平，

承古拓新集大成。

善理中焦分五法，

融通上下汇群菁。

从医从教复从政，

利国利家还利生。

造福于人传百世，

奇书售罄起纷争。

注：许二平教授为河南中医药大学校长，为了不脱离业务，每周星期日上午在中医三附院坐诊。

不去洛阳赏牡丹

疫情共抗保平安，

不去洛阳观牡丹。

待到明年花似锦，

重来此地任盘桓。

2022 年 4 月 12 日

读《西李同韵酬唱诗词集》有感

西李二君品若梅，

铅华洗去没尘埃。

甲为国手吟哦涌，

乙敞胸怀笑口开。

辛丑新春词破阵，

壬寅妙句毓灵胎。

愚夫自愧无才识，

但愿嘉宾常往来。

181

注：西李即西中文、李继东。

甲指西中文。

乙指李继东。

妙句"壬寅年李继东撰联'汤盘孔鼎，郭福彭年'并祝愿磊老新春吉祥。"

在郑州市植物园赏牡丹

我们近赏牡丹园，

不及洛阳花事繁。

共坐游车轮椅继，

霏霏细雨妙难言。

注：同门人一起游郑州市植物园，该园开辟一片牡丹园，供游人欣赏，可谓园中园。

轮椅继：下游车后，由门人推轮椅游赏。

184

耕者乐

而今耕者有其田，

五谷丰登裕吃穿。

绿树森森环绕宅，

归来儿女笑窗前。

2022 年 4 月 16 日

望槐兴叹

心知人老不如槐，

枝叶繁荣花又开。

当代诗家来结社，

高山宾客喜临莱。

几多风雨扶持稳，

百七年龄岁月催。

银杏深深常做伴，

婆娑清影映苍苔。

注：郑州市人民公园南门内有棵古槐，据公园挂牌介绍，今年已一百七十岁。

结社：二千零五年五月以郑志刚诗人为首的许多诗人，在老槐下结诗社，名曰："老槐诗社。"

高山：有"高山景行"、"高山流水"之意。

扶持稳：由于树老枝垂，有许多支架，以防坠落。

银杏即白果。老槐树身后，有许多银杏树，被称"活化石"。

2022年4月17日下午，由外孙董凯开小汽车至该园西门。乘坐轮椅，由小女婿董伟推着游园，特至老槐树下，望之良久始去。

暮春游园 二首

一

游园此际自心怡，

正是绿肥红瘦期。

树木高低初叶茂，

往来飞鸟展英姿。

二

缓行柳下林荫路，

风景依然秀美幽。

环绕一周归去也，

唯期他日再来游。

2022 年 4 月 17 日

谷 雨

谷物田中喜雨浓，

农民只是盼年丰。

切毋浪费千金语，

一代新人永不松。

2022 年 4 月 22 日　农历壬寅年三月二十

与弟玩耍被咬记

弟咬臂肌痛突临，

急中生智小儿心。

好言好语他松口，

拳拳相加跑若淋。

注：记得小时候与弟玩耍，他不胜吾力。玩恼时，他咬我臂肌，挣脱不得，疼痛难忍……

五一游郑州市月季园

月季园中花又妍，

时逢五一笑连天。

妇男来往芳丛里，

蜂蝶翩飞秀朵前。

若问灵机何所得，

只言妙处悟新玄。

愚翁虽是身衰朽，

抖擞精神忘岁年。

2022 年 5 月 1 日

恭贺高青先生宋艳玲女士喜结良缘

郑开高宋结良缘，

一路风光美若仙。

连理枝头花正艳，

青云直上九重天。

193

注：郑开即郑州开封。高在郑州宋在开封。
此诗已手工装裱奉上。

复又即席赋诗一首，再次表示祝贺！

郑开高宋结良缘，

同市同城心更连。

满座嘉宾皆赤胆，

迎新举步上青天。

杯交玉液鸳鸯鸟，

石出蓝田翡翠钿。

伉俪和谐鱼得水，

弄璋弄瓦待来年。

194

立 夏

立夏之时三尺火，
御寒衣物柜中锁。
满头大汗苦耕耘，
只盼丰收勤不惰。

195

注：谚云："立夏三尺火"，有一定道理，此已至夏天，气温逐渐升高。

196

庆五一国际劳动节

劳动光荣创史篇，

前行道上共心坚。

各人皆有各人福，

霸道终归霸道蔫。

四海风流增智慧，

一家兄弟总安全。

弘扬模范凝聚力，

奋勇争先大梦圆。

197

2022 年 5 月 1 日

庆五四青年节

国家兴旺寄青年，

大任担当能夺先。

击水三千平巨浪，

敢教宇宙更新鲜。

2022 年 5 月 4 日

贺袁占盈教授《临证笔录》出版

袁氏占盈不一般，

满园桃李杏山山。

著书立说恩天下，

福寿无疆展笑颜。

199

2022 年 5 月 3 日

全市人民紧急抗疫

全市人民抗疫情，

通知今起又封城。

天罗地网随时布，

无处藏身命必倾。

200

2022 年 5 月 4 日，通知我取消本周五上班的制度，究竟何时上班，要看疫情扑灭情况而定。让我在家守候。

抗罢疫情初次上班

时至今天始上班，

人民欢喜笑开颜。

丰盈成果来非易，

动态清零共克艰。

注：顷接医院通知，2022 年 5 月 16 日，恢复上班，至今已十三天矣。

2022 年 5 月 16 日

喜农村

生长在农村，
双亲笑语温。
城乡差别小，
携手拔穷根。

注：我于 1958 年离开固始来郑州至今。

双亲：即父亲和母亲。我父亲 38 岁时开始有我，对我如"掌上明珠"。母亲更是如此。父亲对我们态度虽严厉，其心甚善，家虽穷，而爱子之心则一也。惜双亲已亡故多年……

拔穷根：即脱贫致富。

205

游郑州市经纬广场

广场虽小游人众，

处处鲜花蜂蝶多。

绿树深森青竹翠，

阳光之下影婆娑。

206

注：2022年5月15日下午1时多，理罢头发，由小女儿登荣推轮椅游该广场。

小　满

小麦盈畴穗欲黄，

若无灾害喜洋洋。

人人端起三餐碗，

浪费行为大减光。

207

2022 年 5 月 21 日

河南抗疫

奥密克戎来势凶，

河南抗疫总从容。

中西结合奇方在，

动态清零助启封。

注：中西结合，即中西医结合。

喜读《壬寅年耕读唱和集》
兹步其原玉 一首

有薪田野要勤锄，

喜说南阳葛诸庐。

只手挥毫双手动，

一床明月半床书。

嘉宾旨酒劝相饮，

肉少素多生赖蔬。

熟读胸中成竹在，

能圆大梦不忘初。

209

2022 年 5 月 21 日

望黄河兴怀 三首

一

黄河之水自天来，

咆哮奔腾不复回。

多少英雄随浪去，

终归大海任潆洄。

二

黄河波浪水连天，

利害攸关性命牵。

当代伟人亲莅训，

河南豆腐更腰坚。

三

黄河波涌水滔滔，

来往渔人敢下篙，

鲜鲤一条烹焙面，

河南食界赞声高。

注：河南豆腐腰是说黄河河南段容易溃堤，故称"豆腐腰"。

鲤鱼焙面：据云，黄河鲤鱼，上游产卵，流经河南一斤左右，其色如金。焙面乃手工拉面，细如丝线。待鱼烹好后，将炸好的焙面铺在鱼身上蘸以熬好的糖汁，食之鲜美，堪称豫菜一绝。详细情况可咨询有关厨师。

212

六一儿童节

花木向阳朵朵开，

得天独厚毓灵胎。

诗书早读雄心壮，

他日必成国大材。

2022 年 6 月 1 日

端午吟　二首

一

角黍龙舟蒲艾香，

旧时避害饮雄黄。

虽云此日同心乐，

莫忘当年屈子亡。

二

汨罗江水涌连天，

凭吊屈原性命捐。

一卷离骚千古恨，

令人读后夜难眠。

2022 年 6 月 30 日　农历壬寅五月初四

腿软跌倒

愚翁跌倒在厨房，

急唤老妻帮助忙。

用力强牵方可起，

此时已是大天亮。

2022 年 5 月 24 日晨，因腿软，跌倒于厨房。

祝贺《王立忠临证经验撷芳》出版

森然大树耸云霄，

风雨阴晴尽洒潇。

多少幽人栖荫下，

畅谈歌舞任逍遥。

2022 年夏

敬和刘卉娟大师壬寅清夏原玉 二首

一

常在书房坐，

学勤忘起居。

虽云心坦荡，

总觉腹空虚。

角黍龙舟乐，

菖蒲艾草疏。

三端中国碗，

一路共盈余。

二

改革新兴起，

城乡变阔居。

人心思早富，

壮志若持虚。

此日长酣饮，

何愁三饭疏。

农民收获后，

户户有粮余。

附　刘卉娟诗

长夏盟鸥鹭，

故来闲处居。

卧游山在迩，

画蝶梦同虚。

簟馆生清籁，

花荫罩绮疏。

风涛吟末了，

忽忽又茶余。

2022 年 6 月 3 日　农历壬寅年五月初五

芒　种

抢种抢收农事忙，

何曾一日敢彷徨。

每逢此际喜难禁，

五谷丰登堆满仓。

219

2022 年 6 月 6 日　星期一，芒种节

老年自吟

老而不死能三饭，

尚可为人把病医。

耳冷行迟头似雪，

浮生只盼到期颐。

2022 年 6 月 6 日

捐赠仪式

志愿捐资廿万元，
每当饮水辄思源。
而今九十三周岁，
不忘初心立誓言。

注：此次向母校河南中医药大学（前身是河南中医学院）捐赠人民币 20 万元，聊表心意。母校及中医三附院，对我很宽厚，特再次表示衷心的感谢！

奉劝慢性病人

慢性病人多乱中，
医门出入类悲鸿。
莫云漫漫长征路，
肯下功夫必达通。

223

2022 年 6 月 14 日

夏至偶成

生长极期夏至天，

物皆繁茂喜无边。

虽然日日渐相短，

却是炎炎三伏煎。

放眼偷窥窗外鸟，

柔风吹唱树中蝉。

偶来松柏浓荫下，

细数仁成值大钱。

2022 年 6 月 2 日夏至

父亲节即兴

双亲节日一同过，
高举金杯唱赞歌。
饮水思源传后代，
龙光赫赫映山河。

注：母亲节，因疫情防控，未能如愿。经小女儿登荣和小女婿董伟，同小儿子登峰和小儿媳宋红湘商定，父亲节由登荣操办，待到我生日时由登峰操办。今在信阳味道酒店举行。同时我老伴也参加此次活动，故云"双亲节日一同过"。参加人：张磊、胡国英、张登荣、董伟、何婵、董凯、董雅心、张登峰、宋红湘、张航、张永静共11人。

敬和刘侠教授缅父诗原玉

悠然无事事，

偶至榻间眠。

虑远方为善，

心闲即是仙。

端牢三饭碗，

不必每餐煎。

日暮诗成后，

霞光万道连。

227

附：刘侠教授缅父诗

多情窗外月，

醉后不成眠。

慈公时牵梦，

蓬莱可列仙。

寒风惊夜冷，

忆旧苦心煎。

虽曰阴阳隔，

天涯骨肉连。

2022 年 6 月 19 日

读刘学志新诗有感

刘师大作闪金光，

如饮琼浆意味长。

书法优良精绘画，

居高声远美名扬。

注：刘大师乃我之好友也，善于收藏，善于鉴定，不仅诗文写得好而书法绘画也很好，更有许多印章等等，爱好极其广泛，无不精美，只能挂一漏万，略抒心情而已。

230

湖畔赏荷

紫荆湖畔赏荷花。

阵阵香风沁遐迩。

翠柏苍松堤岸柳，

纷纷细雨始归家。

231

注：2022年7月4日，农历壬寅年6月初五。由小女婿董伟推轮椅至郑州市紫荆山公园内湖畔，驻车良久，观赏荷花。湖中荷叶茂密，荷花盛开，随风摇曳，秀气宜人。此日正逢星期天，游人甚众，各抒己意。游玩后，天下小雨，推车返家。

《国医侠影》观后感

国医侠影太幽深，

读罢令人泪满襟。

世事沧桑多变换，

安良除暴炳仁心。

233

注：《国医侠影》是我学生夏祖昌写的，由中国中医药出版社出版。夏祖昌1978年毕业于河南中医学院（现更名为河南中医药大学）毕业后留校在金匮教研室任教，后调到省卫生厅工作，曾任河南省卫生厅副厅长，河南省中医管理局局长。在任期间，工作卓著……2016年6月，他不幸身陷囹圄，在参考资料极匮乏的情况下，以惊人的毅力和学识，写成了这本巨著，我读之，不禁潸然泪下。

小 暑

明日便为小暑天，

未交初伏已难眠。

郁蒸湿热人无奈，

瓜果盈盘瓶矿泉。

2022 年 7 月 5 日

贺《经方临证用药精注》出版

经方临证太精良，

步入长沙医圣堂。

辨证施之知奥义，

得心应手满青囊。

236

注：以王炳恒主任为首的编著此书。

2022 年 7 月 7 日

腿软倒地纪实

老夫腿软倒门旁，

幸有邻家帮助忙。

因地制宜聊小坐，

又将扶我到厅堂。

　　注：2022 年 7 月 8 日，晨，予在室外打扫卫生时，因腿软无力支撑身体，遂倒地难起。幸有邻家鲍某某同志发现，她无力挽起，急呼其子于某某，前来助阵，把我扶起，坐在门前长凳上片刻，又将于我挽扶到厅堂，二人方才离去，这时，我真体会到"远亲不如近邻"。门前长凳，供客人换鞋休息之用。

　　此时，老伴胡国英已起床，早饭由她做。

初伏遇雨

时逢初伏雨潇潇，

涤去炎飙热暂消。

滚滚云来遮烈日，

闲庭信步任逍遥。

2022 年 7 月 16 日　初伏

忆五八级同学

没齿难忘五八年，

同窗六载有前缘，

诸君各自名成后，

半在人间半在天。

注：我是一九五八年河南中医学院建校的首届学生，号称"五八级"，同学习，同劳动，共同战胜难关。据我所知，有一半老同学离开人世，不胜悲哉。

2022 年 7 月 21 日

241

大　暑

小暑才过大暑来，

如同沸釜煮羹材。

空调高档犹嫌热，

只盼凉风大快哉。

2022 年 7 月 23 日　大暑

望桥兴怀

板桥隐隐卧长波，

为便游人近赏荷。

每忆昔年来此处，

逍遥往返乐如何。

243

注：我今已93周岁，只能坐轮椅远观。喜今日桥加高栏，防游客坠落湖中。湖在郑州市紫荆山公园内，湖内莲叶莲花并茂，非常怡人。

板桥卧波：杜牧《河房宫赋》"长桥卧波"。

即　兴

春朝人在浦，
秋日鹤翔空。
悟透其中理，
方为大匠风。

245

注：此诗有"春秋多佳日"之意。

春朝、鹤翔：唐·刘禹锡诗："自古逢秋悲寂寥，我言秋日胜春朝。晴空一鹤排云上，直引诗情到碧霄。"

大匠：孟子"大匠能与人规矩，不能使人巧"。

又观老槐树

于今又至国槐前，

枝叶繁荣映碧天。

轮椅环观心大悦，

如同朝拜老神仙。

247

注：2022 年 7 月 23 日，由小女婿董伟推轮椅特到郑州市人民公园看老槐树。据公园挂牌介绍，国槐至今已 170 年龄。我今年已 93 周岁，只能坐轮椅环观，不是前几年，徒步观赏，逍遥自在。

新 月

明月如钩贵在新，

每于廿八日凌晨。

若逢阴雨或贪睡，

睹面无缘空恨人。

注：予在 2022 年 7 月 24 日农历壬寅年六月廿八凌晨，喜见新月。据予观察，农历每月廿七、八、九凌晨，挂于东天，其中以每月廿八凌晨为最佳。

读赵文哲主席《我的人生之路（九）》有感

人生之路路条条，
大道康荘任赶超。
文哲精深成绩著，
又能引风善吹箫。

251

注：文哲主席，善吹笛箫，到禹州市后与丁老师喜结良缘。

八一建军节　二首

一

喜逢八一建军天，

无上光荣斗志坚。

如有敌人来犯我，

完全歼灭凯歌还。

二

强军之路树新风，

红色基因代代红。

钢铁长城忠祖国，

赴汤蹈火大英雄。

2022 年 8 月 1 日

感谢赵文霞同志举行盛大酒会

此日文霞聚大贤，

谈今论古兴无边。

愚翁忝附其中位，

老态龙钟听不全。

254

注：2022 年 8 月 20 日，河南中医药大学第一附属医院赵文霞同志，晋升全国名中医后不久，在郑州市国际中州酒店举行盛大招待会。

七夕偶成

牛郎织女又重逢，

聚少离多情倍浓。

寄语人间诸伴侣，

终生美好性同松。

2022 年 8 月 4　农历壬寅年七月七日

立秋偶成

驹隙光阴又立秋，

炎如夏月汗长流。

几壶老酒邀朋聚，

共话桑麻醉始休。

257

2022 年 8 月 7 日　农历壬寅年七月初十　立秋

痛斥美国佩洛西窜访台湾

恣意访台佩洛西，

盲人瞎马夜临溪。

战区东部迅行动，

焉用牛刀去割鸡。

注：盲人瞎马：《世说新语排调》："盲人骑瞎马，夜半临深池。"喻处境极其危险。

牛刀：《论语·阳货》："割鸡焉用牛刀。"

详见 2022 年 8 月 6 日《人民日报》要闻 3。

贺《豫医论疫—河南古代医家论疫集萃》出版

河南古代医家众，

论疫专篇理念精。

召起率团亲整理，

终成大著惠民生。

注：召起，即陈召起，系我的得意门生之一。现任省人民医院宣传处处长（正处级），中医副主任医师等职务。

处暑偶成

处暑名焉暑气停，

森森树里听蝉鸣。

渔夫欸乃摇船棹，

妆谷歌声好弟兄。

绿水清悠环宅绕，

枫林辉映小窗明。

愚翁自得其中趣，

稳坐深厅食粥羹。

2022 年 8 月 23 日，农历壬寅年七月二十六日　处暑

医师节偶成

初心使命记坚牢，

护佑人民着战袍。

开好药方施绝技，

喜看红杏乐滔滔。

263

注：2022 年 8 月 19 日医师节，中医三附院领导深入诊室慰问并赠送鲜花等物品。

今月古月

抱朴子俗土多云："今日不及古日之热，今月不及古月之明。"唐·李太白诗："今人不见古时月，今月曾经照古人。"

月不分今古，

只知有缺圆。

苍葭棉水岸，

绿树满山巅。

三径花香馥，

一湾棹往还。

举杯邀饮纵，

思故照床前。

山盟金口语，

海誓素心连。

狂客徒遗恨，

空捞竞下船。

吴牛休喘息，

此日更安全。

2022 年 8 月 23 日。此以"试帖诗"写成，诗虽十六句，但句句皆空，属于试写，请明者正之。

白露偶成

白露茫茫草上观，

幽人晓出觉衣单。

此时不用芭蕉扇，

一曲清歌心得安。

2022 年 9 月 7 日，农历壬寅年八月十二日　白露

欢度中秋节教师节

教师节巧遇中秋，

周六相逢难一求。

此日尘间无限乐，

桂花香满玉人头。

267

2022 年 9 月 10 日星期六，农历壬寅年八月十五中秋
节、教师节，均在此日。

中秋节偶成

吴刚伐桂斧铮铮，

边砍边生太有情。

但愿人皆同此树，

长年不老气清清。

注：边砍边生：谚云："吴刚伐桂，这边砍来那边生。"

2022 年 9 月 10 日，农历壬寅年八月十五

教师节偶成

教师节日话偏多,

三尺讲台细琢磨。

桃李成蹊相对笑,

春风化雨喜冲和。

2022 年 9 月 10 日,教师节

秋分偶成

秋分之后渐天凉，

外出遥行备厚裳。

此际丰收多得意，

满园硕果谷盈仓。

注：满园和硕果，有狭义、广义两种。2022 年 9 月 23 日，秋分节。又是农民丰收节。

忆玩猴人

街头巷尾看玩猴，
聚众围观便展谋。
几套新编仍旧法，
随心投币不强求。

271

注：新中国成立前后，尤其新中国成立前，以玩猴为生，代代相传，一般是一人一猴。新中国成立后，人民生活逐步改善，保护动物意识逐渐增强，玩猴者自动消失，所以青年人难以（不能）看到这种场景。

赞摊糖人

摊糖之技众称奇，
栩栩如生各有姿。
多少儿童亲指要，
大人购买笑相随。

2022 年 9 月 1 日

赞烙葫芦人

谚云依样画葫芦，

精彩纷呈不一图。

依据各人心所爱，

赢来顾客尽欢娱。

2022 年 9 月 1 日

修改学生赵敏"跟诊有感"

开好二方精效奇，

秋兰朵朵谢恩师。

引吾步入中医境，

一片丹心喜不支。

附：跟诊有感

有药处方精效奇，

无药处方信心立。

秋兰朵朵谢恩师，

引我步入中医门。

注：按旧体诗要求，不能跨韵，因"门"属于元韵，又相距甚远，同时"立"又是仄声，兹根据其意略作修改，供参考。

二方：即有前处方和无药处方。

秋兰：即蝴蝶兰。

2022 年 9 月 4 日

忆孙刚名言

人逢逆境知音少，

兰未开时当草多。

为问门前诸位客，

相随相伴意如何。

277

注：前两句是河南中医学院（现政为河南中医药大学）副院长孙刚同志的口头语，他是国家监察委员会的干部，因历史问题不清，该部在其档案上写着"此人不可重用。"所以他只能任副职。后经几次专干深入他的老家安徽省无为县，调查取证，结果他是冤案，他在被审察期间，无人敢接触。故此，他常言："人逢逆境知音少，兰未开时当草多。"后两句是我现在续的，同时，他也是书法家，常在"绘图室"写字，因为那里笔墨纸砚均有，我和刘晓良同志常为其捞纸头（是民间谚语），故我俩得其作品较多，绘图室由女书法家、绘画家开映月同志主持。

寒露偶成

寒露节交气已寒，

斋中久坐觉衣单。

随园诗话常常读，

仲景方书细细看。

防控疫情防变换，

慢行阡陌慢盘桓。

夕阳西下深厅冷，

喜有家人进晚餐。

注：家人，指作者儿女。2022 年 10 月 8 日，农历壬寅年九月十三寒露节。

重阳节偶成

重阳佳节总从容，

好友相逢兴倍浓。

五谷丰登中国碗，

苍松翠柏在高峰。

注：苍松翠柏，指国家领导人。

2022 年 10 月 4 日，农历壬寅年九月初九。

此诗是在省卫健委老干部处同志慰问时拿走。

重阳节即兴　三首

一

满城风雨度重阳，

好友相逢乐若狂。

椽笔挥来书画写，

愚翁获宝喜洋洋。

二

樱桃沟里聚贤良，

吾友张君举旆忙。

博学多才研古建，

清歌一曲泛流觞。

三

满城风雨又重阳，

把盏投壶斗句忙。

老了年华空赞赏，

归来伏首写文章。

我行我素随心欲，

云卷云舒放眼量。

扶得愚翁佳辇上，

篱边喜见菊花芳。

注：樱桃沟里一片空地，由吾友张胜吾先生兴建的古建筑群，在此内，众多好友齐聚一堂，挥毫泼墨，祝予从事中医药工作74年，会上聆听主持人讲话，及古琴演奏等活动，会后共进晚餐，予不胜感之，聊赋此三首，以示感谢！此次活动，始终是张胜吾同志主持操办的。

佳辇：指好的小汽车，此时正是风雨大作，故云："满城风雨"。

赠张胜吾、李志英

好友张君名胜吾，

精研古建一明珠。

工于书画妆藏善，

又有志英贤内扶。

285

2022 年 10 月 4 日，农历壬寅年九月初九

国庆节偶成

高唱红歌迎国庆，

风风雨雨引航行。

同程迈向康庄道，

振臂高呼智勇宏。

世界林中能稳定，

强军路上练奇兵。

核心领导为民众，

无限光明事事成。

2022 年 10 月 1 日

忆古语

梧桐叶落报新秋，

古语于今应验不。

睡起东窗皆自得，

依稀明月挂枝头。

287

注：2022 年 10 月 2 日。"梧桐叶落报新秋"此系古语。

步同乡西中文先生壬寅重阳原玉

从医从政正年华，

学海无边勤达涯。

桃苑成材崇内景，

杏林翘首望长沙。

东来岁月迎新岁，

南望家乡忆老家。

虚度光阴九十四，

凭栏空对彩云霞。

附：西中文先生诗

悬壶一世藉风华，

国手令名遍海涯。

拯溺时闻栽董杏，

活人何啻数恒沙。

医仁遥续千秋统，

德惠长亲百姓家。

合锡仙翁彭祖寿，

桑榆犹喜满天霞。

注："南望家乡忆老家"。我是固始县人，该县在郑州之南。2022 年农历九月初九

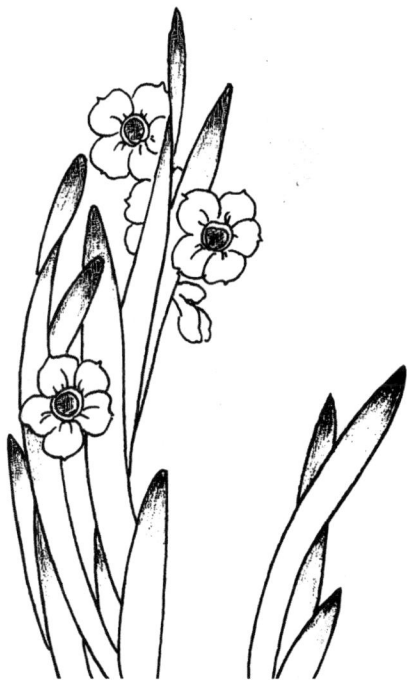

忆　苦

告别家乡六四秋，

当时正是少年头。

双亲已故孩儿老，

举足维艰步履愁。

注：2022 年 10 月 16 日作。我今年已 93 周岁，忆 1958
年来河南中医学院上学，1964 年毕业（学制六年，系首届
学生）留校任教……

孩儿老：大儿子已 73 岁，小女儿已 60 岁

我的生日

今年生日不寻常，
疫病突来严控防。
部分人居吾陋室，
融融其乐蛋糕尝。

注：今岁生日（9月21日）原定在郑州市本愿堂，有小儿子登峰、儿媳宋红湘宴请。因疫情突发，部分区域封闭，食堂关门，禁止聚餐，只得在吾家举行，部分亲人参加。

293

霜降偶成

霜降天寒晓见霜，

蒹葭绕岸色苍苍。

山高峰远云无际，

波静浪平水一方。

稚子独眠嫌足冷，

老夫久坐觉身凉。

凭栏极目环观去，

忽看篱边菊正芳。

2022 年 10 月 23 日，农历壬寅年九月廿八霜降。

事与愿违

蛤蟆想吃天鹅肉，

事不随心亦甚多。

欲壑难填终妄想，

仰观星斗度银河。

注："蛤蟆想吃天鹅肉"是民间谚语，予师其意而为诗。

歌颂中国共产党二十大　两首

一

无尚光荣二十大，

世人楷范共夸扬。

神州发展蒸蒸上，

领导核心供力量。

二

梅花朵朵总能开，

历雨经风雪又催。

细读篇章皆妙语，

从头至尾气佳哉。

注：省卫健委老干处肖川同志打来电话，集要学习党的二十大有关诗词时，忙将此诗以应之。

对这首古诗的评价及和韵

天下重英豪，

风流数尔曹。

因才而使用，

一切尽从高。

299

附：宋·汪洙的神童诗

天子重英豪，

文章教尔曹。

万般皆下品，

唯有读书高。

注：此诗在旧社会流传甚广，同时，中毒也较深。在今天看来，此诗有一定道理，须一分为二地看待它，予师其意而为之，步原韵。

看电视"二叔"志强
和宝珠的婚事

朝来暮去动情思，

好事多磨志不移。

冲破篱笼成眷属，

如同春雨草滋滋。

注：唐·白居易："暮去朝来颜色故。"

2022 年 10 月 30 日

令行禁止

防控疫情下决心，
医疗停诊到如今。
小区封闭人难进，
检查核酸朝夕临。

注：据我所知，从 2022 年 10 月 16 日至今医院（省人民医院、郑大一附院、省肿瘤医院、中医一附院、中医三附院、省中医药研究院等，急诊除外）、小区，仍为封闭状态，多数单位不上班，唯核酸检验人员日日上院服务，免费检查，户户皆自愿，人人无抱怨，皆做到令行禁止。

赠柯文辉先生

美髯飘胸柯老先，

文思敏捷耀坤乾。

才高八斗五车富，

赠我名篇司马迁。

注：柯老即柯文辉先生，乃我之好友也。为中国艺术研究院研究员，著作甚丰，尤以长篇历史小说司马迁为上。于 2006 年赠我一部，甚珍之。因疫情关系，长期居住加拿大。

立冬偶成

四立之中尔不先，
归藏万物又居前。
凭栏远眺舒凝望，
落叶纷纷映碧天。

注：四立，即立春、立夏、立秋、立冬。

归藏万物：指春生、夏长、秋收、冬藏。

落叶纷纷：有唐·杜甫"无边落木萧萧下"之意。

2022 年 11 月 7 日，农历壬寅年十月十四，立冬。

防控疫情本届未去开封看菊展

防控疫情外出难，

未来开市菊花看。

只因展览时间限，

待到明年再合欢。

注：原本我欲于 2022 年 10 月 14 日前往开封观看菊展，因疫突袭，小区封闭，至今难以外出。

赞刘侠教授画赠桃笺

女英刘侠画桃忙，

硕果丰盈映碧苍。

此日先生多惠我，

壬寅秋月永难忘。

注：壬寅秋月，即 2022 年农历壬寅年九月初九重阳节。

步刘卉娟大师诗原玉

怀君"三绝"有天姿，

　信手拈来皆意随。

　文采飞扬人点首，

　术承名士国之医。

　满腔热血如江涌，

　育众心肠似母慈。

　忘我精神堪赞颂，

　生逢盛世展舒时。

附：刘卉娟大师诗

　弱冠欣呈济世姿，

　德音七十四年随。

　身如霁月真名士，

术妙青囊大国医。

绛帐勋劳春播惠，

杏林暖眼意怀慈。

偕将海屋南天寿，

来座清风欢会时。

注：此诗起因"壬寅九日，瞻园重阳雅集，贺张磊翁行医七十四年，余欣逢盛会，诗奉于磊翁正韵，九芝堂主人卉娟。"并画成大松，其词曰："令德寿恺、如松茂矣。"

三绝：系我称刘卉娟大师"诗绝、字绝、画绝。"

术承名士：刘师承国画大师陆俨少先生，受其教诲较深。

2022 年 11 月 13 日

谢鲍国增大师为我画悬壶济世图

悬壶济世作津梁,

南海观音念佛忙。

名句名篇皆励我,

如同大渴饮琼浆。

注：悬壶济世图，于 2022 年 10 月 4 日，农历壬寅年九月初九，在郑州市樱桃沟内，由我好友张胜吾先生兴建的大型建筑瞻园内举行盛大的宴会，为庆祝我从医七十四年。鲍大师为我画了此图，并书写长句南海观世音菩萨念佛语。

2022 年 11 月 13 日。由于疫情突发，小区封闭，未能及时装裱出来，故而延迟至今。

小雪偶成

凭栏远眺雪初飞，

无有客来昼掩扉。

呼啸北风寒滚滚，

大开暖气路人稀。

316

2022 年 11 月 22 日，农历壬寅年十月二十九　小雪。

大雪偶成

纷纷大雪北风吹，

满地茫茫步履迟。

独钓寒江君莫笑，

不图收获只心怡。

2022年12月7日，农历壬寅年十一月十四　大雪。

冬至偶成

冬至即为交九天，

水冰地坼夜难眠。

虽云阳始生于上，

却是阴凝未退焉。

先读唐人寻杜句，

续观宋韵得林篇。

勤耕医药无休止，

愿我韶光一百年。

注：冬至交九：指冬至日即交九日。所谓交九，即一九、二九、三九、四九、五九、六九、七九、八九、九九，共八十一天。俗云："冷在三九"，即是最冷的冬天。过了三九之后，天气慢慢变暖。

水冰地坼：《素问·四气调神大论》："水冰地坼。"

阳始生于上：《史记律书》："冬至则一阴下藏，一阳上舒。"《幼学琼林》："冬至一阳生，是以日咎初长。"

杜句：指杜甫冬至诗。

林篇：指林逋梅花诗。

一百年：指一百岁。我今年九十三周岁（生日已过，可以说九十四周岁）原为人民服务一百岁，不知能否实现。

2022 年 12 月 22 日　冬至

喜有家政人员相助

金丽却从家政来，

红湘儿媳作安排。

心灵手巧又勤奋，

解脱家人忙不开。

　　注：张金丽，女，55 岁，老家杞县，初中毕业，在郑州市经营家政，从 2022 年 11 月 20 日入吾家为钟点工，每月 4000 元（星期日不休息，若遇大雪、大雨，可住我家）。我和老伴已 90 多岁（我是 1929 年 9 月 21 日生，老伴是 1928 年 12 月 23 日生），生活难以自理。之前主要由小女儿登荣料理，她已年过 60，加之又来小孙女，实在忙不过来。大儿子、大闺女、二闺女皆年已 70 多，各有家务，不能前来侍奉。小儿子登峰脑外专家，忙于门诊，故此，小儿媳宋红湘做了上述安排，她是妇科专家，即快退休，忙于门诊。

敬赠刘卉娟大师　二首

一

绝代佳人岁月深，

一生经历少知音。

犁弦雅集垂于世，

来者喜闻白雪琴。

二

红颜薄命古人云，

何故于今竟降君。

父母黄泉相继去，

单身一女武能文。

注：犁弦集，乃系刘卉娟诗作，由河南美术出版社出版。一女：指刘卉娟大师的女儿，身体健壮，能文能武。

敬步刘卉娟大师诗原玉

失而复得又能看，

老态龙钟满脸斑。

花事有情随意画，

韶华已去不留颜。

一心诵读圣贤卷，

两耳难闻溪水潺。

轮椅偶乘来户外，

轻风拂面到田间。

附：刘卉娟大师诗

画里流光今又看，

墨痕霜鬓两斓斑。

廿年施惠公青目，

一册涂鸦我汗颜。

心镜同春长煦煦，

梦华如水正潺潺。

福庭珍重人康泰，

多少清欢到座间。

　　其诗来由："旧有画集赠磊翁有逾十五载，偶失而遍觅之，余闻之感铭，复寄旧册，并吟一律，随奉磊公正韵。壬寅小雪衿窗下，卉娟敬书。"

　　当即应答。九十三周岁，张磊

梅花　四首

一

梅花朵朵喜迎春，

白雪皑皑依旧新。

墙角楼头枝几许，

香风溢远沁游人。

二

踏雪寻之悦性灵，

放翁千亿化身形。

何人绕指曲三弄，

闻后悠然缓步庭。

三

岁寒三友毓灵胎，

翘首岩阿笑口开。

游客纷来齐赞赏，

只因高雅没尘埃。

四

露冷风寒夜已深，

小园独占少知音。

恬然能做庄周梦，

蝴蝶翩飞白雪琴。

2022 年 12 月 12 日

回首往事

依稀往事若云烟，

一世风流勇向前。

桃李成蹊红杏暖，

丰姿绰约映长天。

2022 年 12 月

小寒偶成

节寒虽小却严威,

雨雪飘飞落四围。

有客难来空冷寂,

烹茶煮酒着裘衣。

2023 年 1 月 5 日,农历壬寅年十二月十四日

大寒偶成

一年之季最寒时，

塞牖关门暖气吹。

否极泰来天地道，

立春渐至冷将离。

331

注：否泰俱为易经卦名。

2023 年 1 月 20 日，农历壬寅年十二月二十九日